Kate DiCamillo
Mercy Watson
se disfraza de princesa

Ilustraciones de Chris Van Dusen

Traducido por Marcela Brovelli

LECTORUM
PUBLICATIONS, INC.
LYNDHURST, NEW JERSEY

Library of Congress Cataloging-in-Publication Data

Names: DiCamillo, Kate, author. | Van Dusen, Chris, illustrator. | Brovelli,
Marcela, translator. Title: Mercy Watson se disfraza de princesa / Kate
DiCamillo ; ilustraciones de Chris Van Dusen ; traducido por Marcela Brovelli.
Other titles: Mercy Watson. Spanish Description: Spanish edition. | Lyndhurst,
New Jersey : Lectorum Publications, Inc., 2019. | Series: Mercy Watson ;
[book 4] | Originally published in English by Candlewick Press in 2007 under
title: Mercy Watson : princess in disguise. | Summary: Persuaded by the word
"treating" to dress up as a princess for Halloween, Mercy the pig's trick-or-
treat outing has some very unexpected results. Identifiers: LCCN 2019030953
| ISBN 9781632457356 (paperback) Subjects: CYAC: Pigs--Fiction. |
Halloween--Fiction. | Humorous stories. | Spanish language materials.
Classification: LCC PZ73 .D5374 2019 | DDC [Fic]--dc23

For information regarding permission, write to Lectorum Publications, Inc.,

205 Chubb Avenue, Lyndhurst, NJ 07071

ISBN 978-1-63245-735-6

Printed in Malaysia

10 9 8 7 6 5 4 3 2 1

Para Max, siempre dispuesto a seguir a Mercy
a donde ella vaya.

K. D.

A la memoria de mi abuela, creadora
de los disfraces más extraordinarios.

C. V.

Capítulo
1

El Sr. y la Sra. Watson tienen una cerda llamada Mercy.

El Sr. Watson, la Sra. Watson y Mercy viven en el número 54 de la avenida Deckawoo.

Una tarde de octubre, mientras se encontraban en la sala, a la Sra. Watson se le ocurrió una idea.

—Querido —dijo la Sra. Watson.

—¿Sí? —dijo el Sr. Watson.

—Falta poco para Halloween.

—Así es —dijo el Sr. Watson.

—Creo que Mercy debería tener un disfraz —dijo la Sra. Watson.

Mercy abrió un ojo.

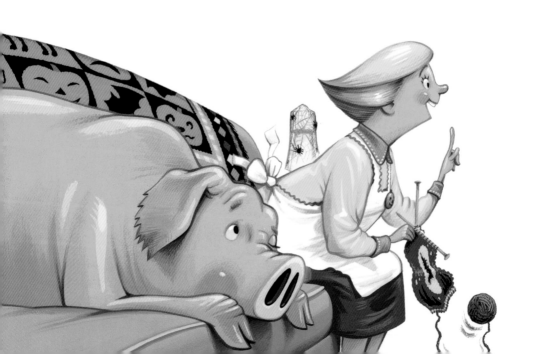

—Y con su disfraz, podría ir por el barrio a pedir golosinas —dijo la Sra. Watson.

Mercy abrió el otro ojo.

Le encantó el sonido de la palabra "golosina".

—¡Excelente idea! —dijo el Sr. Watson—. ¿Cuál podría ser su disfraz?

Capítulo
2

—¿Y si la disfrazamos de fantasma? —preguntó el Sr. Watson.

—Me parece que no —dijo la Sra. Watson—. ¿Y de calabaza?

—No, no lo creo —respondió el Sr. Watson.

—¿De pirata?

—¿De robot?

—¿De bruja?

—No, no, no —dijo la Sra. Watson.

Mercy suspiró.

Cerró los ojos.

Y se quedó dormida.

—¿Y entonces? —preguntó el Sr. Watson—. ¿Qué disfraz podría ser?

—Sin duda… —dijo la Sra. Watson—. Mercy debe ir vestida de princesa.

—¡Pero, claro! —dijo el Sr. Watson—. ¿Cómo no se me ocurrió eso?

—Debes ir a buscarle una tiara —dijo la Sra. Watson—. Yo le haré el vestido.

—Me pongo en marcha —dijo el Sr. Watson.

—Ah, Mercy —dijo la Sra. Watson—, te verás adorable. Serás la más hermosa.

Capítulo
3

La Sra. Watson midió a Mercy del hocico a la cola.

La midió de lado a lado.

Y, por último, la midió toda, toda, alrededor.

—Cielos —dijo la Sra. Watson—. Espero que me alcance la tela.

Cuando Mercy se despertó de la siesta, la Sra. Watson le sonrió.

—Cariño —dijo la Sra. Watson—. Tu
vestido ya está listo.

—Oink —dijo Mercy.

—Sí, ya lo sé —dijo la Sra. Watson—.
Es precioso, ¿verdad? Te lo probaré.

La Sra. Watson le levantó una pata a
Mercy y la puso adentro del vestido.
Mercy sacó la pata.

La Sra. Watson le levantó la otra pata
a Mercy y la puso adentro del vestido.
Mercy volvió a sacar la pata.

—Santo Cielo —dijo la Sra. Watson—. ¡Por favor, quédate quieta o no podré ponerte el vestido!

—¡Amores míos! ¡Mis queridas! —exclamó el Sr. Watson—. ¡Ya llegué! ¡Y tengo la tiara!

—¡Ay, Sr. Watson! —dijo la Sra. Watson—. Estamos en problemas. Mercy no se deja poner el vestido de princesa.

—Tal vez deberías contarle acerca de las golosinas que le darán —dijo el Sr. Watson.

Capítulo
4

Mercy paró las orejas.

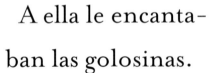

A ella le encanta-

ban las golosinas.

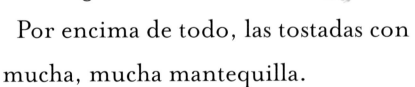

Por encima de todo, las tostadas con

mucha, mucha mantequilla.

—Mi tesoro adorado —dijo el Sr.

Watson—. Si te dejas poner el vestido,

todos en el barrio te darán golosinas.

Mercy cerró los ojos.

Claramente, se imaginó su golosina.

—Si quieres golosinas, tendrás que usar este vestido —dijo el Sr. Watson.

Mercy suspiró.

Y dejó que la Sra. Watson le levantara las patas delanteras para ponerle el disfraz.

Permitió que le subiera el cierre.

Y, por último, se dejó poner la tiara sobre la cabeza.

—¡Majestuosa! —dijo la Sra. Watson.

—¡Una revelación porcina! —dijo el Sr. Watson.

El estómago de Mercy gruñó.

No veía la hora de ir por sus golosinas.

Capítulo
5

En Halloween, en la casa de las hermanas Lincoln, sonó el timbre.

—Hermana —llamó Beba Lincoln—. Hay alguien en la puerta.

—Por supuesto que hay alguien
en la puerta —dijo Eugenia—. Es
Halloween, la gente va de casa en casa
en esta fecha.

—Miau —dijo General Washington,
el nuevo gato de Eugenia Lincoln.

—¡Truco o golosina! —gritaron el
Sr. y la Sra. Watson.

—¡Oink! —dijo Mercy.

—Mercy es una princesa —dijo el Sr.
Watson.

—¡Sí! ¡Es una verdadera princesa!
—dijo Beba Lincoln.

—No es más que una cerda con un vestido barato —dijo Eugenia.

—Pero, hermana —dijo Beba.

—Yo opino —dijo Eugenia—, que los cerdos no deben salir a buscar golosinas en Halloween, y menos, disfrazados.

—Miau —dijo General Washington.

—Ay, querida —dijo Beba Lincoln.

Eugenia Lincoln pegó un portazo.

Capítulo
6

—Eugenia parece enojada —dijo el Sr. Watson.

—Sí, es verdad —dijo la Sra. Watson.

El estómago de Mercy gruñó.

"¿Dónde está mi golosina?", se preguntó. "¿Dónde está la tostada?".

—Mira, creo que Beba está tratando de decirnos algo —dijo el Sr. Watson.

—Oink —dijo Mercy.

Pegó un gran salto.

Y salió a toda carrera hacia la parte de atrás de la casa de las Lincoln.

—¡Sigamos a la princesa! —dijo el Sr. Watson.

25

Capítulo
7

Beba Lincoln estaba esperando en la puerta de atrás.

—Shhhhh…, a mi hermana, Halloween la pone de mal humor —dijo—. Pero no los voy a dejar ir sin golosinas.

—¡Qué sabroso! —dijo el Sr. Watson.

—¡Qué delicioso surtido! —dijo la Sra. Watson—. ¿Qué elegirás, Mercy?

DiiiiiiiiNNN DOOOONNN

—¡Beba! —gritó Eugenia—. ¿Dónde están los dulces?

—Ya voy, hermana —gritó Beba.

—¡De prisa, Mercy! —dijo Beba—. ¡Elige algo!

Mercy observó los dulces de cerca.

Pero no vio ninguna tostada.

Aunque sí detectó un suave aroma a
mantequilla.

"Mantequilla", pensó Mercy.

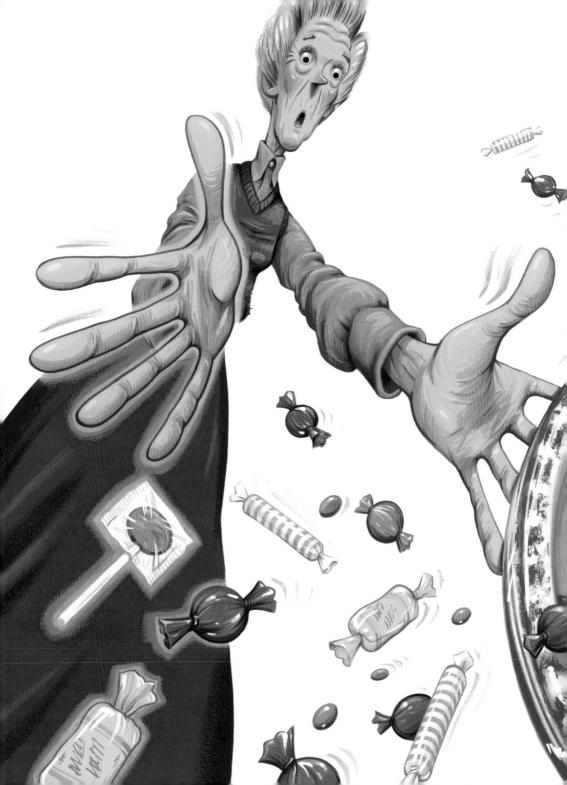

—¡Oh! —dijo Beba —. ¡Mercy!

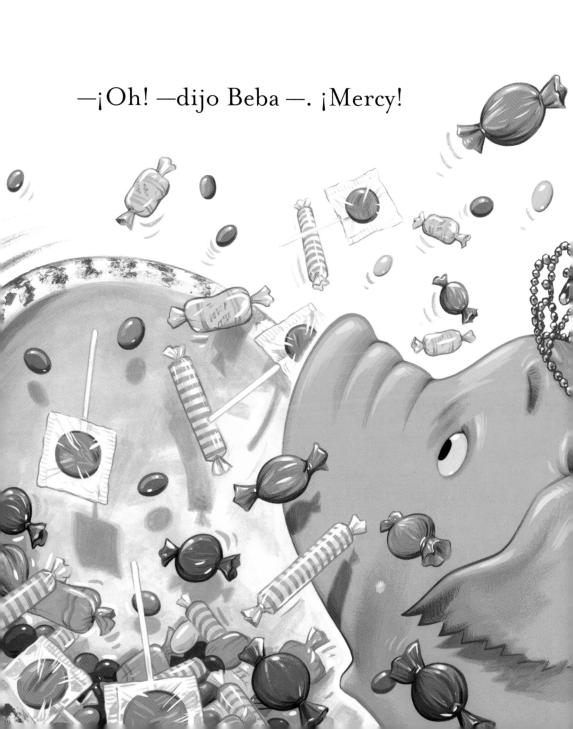

Capítulo
8

—Oink —dijo Mercy.

Olfateó el piso.

Había muchos dulces.

Había muchos dulces por todas partes.

Los dulces no eran tostadas, pero no importaba.

Mercy masticó un chupetín.

Comió una pastilla

de limón.

Y saboreó un caramelo.

—¿Qué sucede aquí? —gritó Eugenia—. ¿Qué hacen todos estos dulces en el piso? ¿Y qué hace esta *cerda* en mi cocina?

—No es una cerda —dijo el Sr. Watson—. Es una princesa.

Mercy masticó un caramelo de mantequilla.

"Mm", pensó, "mantequilla".

Capítulo
9

—¡Fuera de mi cocina, inmediatamente! —gritó Eugenia Lincoln.

—Bueno —dijo el Sr. Watson—. Será mejor que nos vayamos.

—Sí, es cierto —dijo la Sra. Watson—. Aún tenemos que pasar por más casas. Vamos, Mercy.

Mercy estaba masticando su segundo caramelo de mantequilla.

Estaba delicioso.

Y en el piso había más.

—¡Miiaauu! —dijo General
Washington.

Y le dio un zarpazo al vestido de
Mercy.

—Yip—dijo ella.

General Washington le dio un
zarpazo a la tiara de Mercy.

—¡Yop! —dijo Mercy.

—¡Ese gato! —dijo el Sr. Watson.

—¡Esa cerda! —dijo Eugenia Lincoln.

—¡Ay, querida! —dijo Beba Lincoln.

El gato salió corriendo de la cocina.

La cerda corrió detrás de él.

Era una persecución.

A Mercy le encantaban las persecuciones.

Capítulo
10

General Washington corrió.

Mercy corrió detrás de él.

Eugenia corrió detrás de Mercy.

Beba corrió detrás de Eugenia.

El Sr. Watson corrió detrás de Beba.

La Sra. Watson corrió detrás del Sr. Watson.

—Miiaaaaaaauu —dijo General Washington.

—¡Oink! —dijo Mercy.

—¡Cerda!

—dijo Eugenia.

—¡Hermana! —dijo Beba.

—¡Querida!

—dijo el Sr. Watson.

—¡Querido!

—dijo la Sra. Watson.

General Washington atravesó la sala,
regresó a la cocina y salió por la puerta
trasera de la casa.

Y siguió corriendo a toda velocidad.

Mercy siguió persiguiéndolo.

El vestido le quedaba un poco ajus-

tado, pero eso no hizo que se detuviera.

Estaba pasándolo de maravilla.

Capítulo
11

Frank y Stella son hermanos y viven en el número 50 de la avenida Deckawoo.

—Mira eso —dijo Stella.

—¿Qué cosa? —preguntó Frank.

—Es un desfile de Halloween —dijo Stella.

—Quédate aquí —dijo Frank—.
Parece peligroso.

—Espérenme —gritó Stella—. No
quiero perderme el desfile.

—¡Stella! —gritó Frank—.
¡Steeeellaaaaaaaaaaaaaaaa!

Capítulo
12

General Washington corrió hacia el final de la avenida Deckawoo.

Y trepó por el tronco de un viejo roble.

Mercy se detuvo.

Detrás de Mercy venía corriendo
Eugenia, pero no pudo frenar y chocó
con Mercy.

Beba chocó con Eugenia.

El Sr. Watson chocó con Beba.

La Sra. Watson chocó con el Sr.
Watson.

Stella chocó con la Sra. Watson.

Y Frank chocó con Stella.

Mercy se quedó mirando a General

Washington.

Suspiró.

Y se sentó.

La persecución había llegado a su fin.

Mercy estaba muy cansada.

Tenía mucho calor.

La tiara le pinchaba las orejas.

El vestido le ajustaba demasiado.

Y ni siquiera una princesa porcina

puede trepar a un árbol.

Capítulo
13

—Bueno —dijo Stella—. Creo que el desfile terminó.

—Nada ha terminado —gritó Eugenia Lincoln.

Ella tenía la mirada fija en la copa del árbol.

—General Washington —dijo—, baja de ahí inmediatamente.

—Miauuu —dijo General Washington.

—No aceptaré un no por respuesta, ¿me oyes? —dijo Eugenia.

—Miauuuuuuu —dijo General Washington.

—Normalmente, los gatos no hacen lo que uno les pide —dijo Stella.

—Tonterías —dijo Eugenia—. General Washington siempre obedece mis órdenes.

—Yo creo que ese gato no puede bajar —dijo Frank.

—Tonterías —dijo Eugenia—. General Washington es muy inteligente y sabrá cómo bajar de ahí.

Eugenia volvió a llamar a General Washington.

Y, luego, una vez más.

Pero General Washington no se movía.

—Creo que es un buen momento para llamar a los bomberos —dijo el Sr. Watson.

Capítulo

14

En la estación de bomberos sonó el teléfono.

Ned contestó la llamada.

—¿Cómo dice? —dijo Ned.

—¿General Washington? —dijo Ned.

—¿Que no puede bajar de un árbol? —dijo Ned.

—Bien —dijo Ned—, ya vamos para allá.

—¡Qué llamada tan extraña! —le dijo
Ned a Lorenzo—. Parece que un
general no se puede bajar de un árbol.

—Ajá, ¿cuál es la dirección? —preguntó Lorenzo.

—Es en la avenida Deckawoo —dijo
Ned.

—¿Avenida Deckawoo? —dijo
Lorenzo—. En esa calle vive la cerda.

—Oh, cielos —dijo Ned—. Será
mejor que nos apresuremos.

Capítulo
15

Cuando Ned y Lorenzo llegaron a la avenida Deckawoo, vieron un roble enorme.

Debajo del árbol había una cerda con vestido rosado y una tiara en la cabeza.

—Es justo lo que sospeché —dijo Lorenzo—. Ahí está la cerda.

—Sí —contestó Ned—, pero ¿dónde está el general Washington?

—Qué bueno que llegaron —dijo Beba Lincoln.

—¿Por qué tardaron tanto? —dijo Eugenia Lincoln.

—¿Ese es el general Washington? —dijo Ned.

Y señaló el gato gris que estaba en el árbol.

—Claro que sí —dijo Eugenia Lincoln.

—Miiiiiauuuuuiiiiii —dijo General Washington.

Lorenzo trajo la escalera del camión.

La puso contra el tronco del roble.

Subió hacia la copa.

Se estiró un poco y logró alcanzar a

General Washington.

Luego bajó por la escalera.

Y puso a General Washington en los brazos de Eugenia.

—¡Braaavo! —gritaron todos.

—El departamento de bomberos es muy confiable —dijo el Sr. Watson—. Yo siempre lo digo.

—Debemos celebrar —dijo la Sra.

Watson—. Hagamos una fiesta.

Mercy paró las orejas.

Su experiencia le decía que en las fiestas

siempre había tostadas.

Capítulo
16

Todos estaban en la cocina de los Watson.

Todos estaban sentados alrededor de la mesa de los Watson.

—¿Has probado las tostadas que hacen aquí? —le preguntó Lorenzo a Stella.

—No —dijo ella.

—Ya verás, son deliciosas —dijo Ned.

—Comer en casa de extraños es peligroso —dijo Frank.

—Pero nosotros no somos extraños, somos vecinos —dijo la Sra. Watson.

—¡Miauuuuu! —dijo General Washington.

—Bah —dijo Eugenia Lincoln—. ¿Para qué necesitamos vecinos?

—Hermana, toma —dijo Beba —. Come un caramelo de mantequilla.

—Cariño, dulzura, mi princesa porcina —dijo el Sr. Watson—. ¿Estás contenta con tu vestido rosado?

Mercy alzó el hocico.

Y olfateó el aire.

¡Mm! ¡Pan tostado y mantequilla derretida!

El vestido de princesa le quedaba muy ajustado.

Pero estaba feliz.

—¡Oink! —dijo Mercy.

—¡Feliz Halloween, cariño! —dijo el Sr. Watson—. ¡Felicidades para todos!

Kate DiCamillo, autora reconocida en todo el mundo, ha escrito numerosos libros, entre ellos: *Despereaux* y *Flora y Ulises*, ambos ganadores de la Medalla Newbery. También es la creadora de los seis cuentos acerca de Mercy Watson y de Tales from Deckawoo Drive, una serie inspirada en los vecinos de Mercy. Palabras de la autora acerca de *Mercy Watson se disfraza de princesa*: "Mercy y Halloween son una combinación perfecta: ¡dulces y golosinas por todos lados! ¿Y qué hay que hacer para obtenerlos? Pues, sólo dejarse poner un disfraz de princesa. Además, a Mercy le encantaría expresar que no hay nada mejor que tostadas calientes con mucha, mucha mantequilla a la hora de pedir golosinas". Kate DiCamillo vive en Minnesota.

Chris Van Dusen es el
autor e ilustrador de *The Circus Ship*, *Randy
Riley's Really Big Hit*, *Hattie & Hudson* y *King
Hugo's Huge Ego*. También ilustró *President Taft
Is Stuck in the Bath*, de Mac Barnett, los seis
volúmenes de Mercy Watson y la serie sobre
los vecinos de Mercy, Tales from Deckawoo
Drive. Palabras del ilustrador acerca de
Mercy Watson se disfraza de princesa: "Para mí,
ha sido una alegría absoluta dibujar a los
personajes de esta serie. Pero vestir a Mercy
para Halloween me desbordó de placer.
Debo de tener el mejor trabajo del mundo:
pintar cerdas en tutú, y colorearlas de rosa".
ChrisVan Dusen vive en Maine.

¡Toda *maravilla porcina* fue alguna vez una *cerdita!*

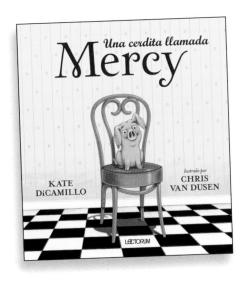

En este álbum ilustrado, una cerdita
lleva amor (y caos) a la avenida Deckawoo.

No te pierdas los seis libros de MERCY WATSON

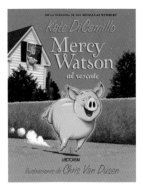

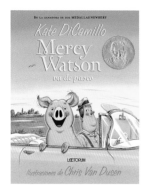

 1 — Mercy Watson al rescate

2 — Mercy Watson va de paseo

3 — Mercy Watson contra el delito

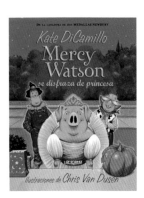

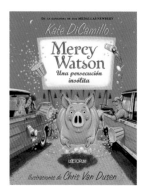

 4 — Mercy Watson se disfraza de princesa

5 — Mercy Watson piensa como cerda

 6 — Mercy Watson: Una persecución insólita